청어詩人選 312

기도하는
마음으로

송달호 시집

청어

기도하는
마음으로

송달호 시집

시인의 말

부끄럽다
노력하여 될 일이라면
몇날 며칠이고
밤을 새우겠다
시를 쓴다는 것이 쉽지 않은 줄 이제 조금 알겠다
좋은 시를 쓰고
좋은 친구들 만나고 싶다
청춘도 지나가듯이
더 늦기 전에
가슴 후련한 시 한편 쓰고 싶다
…

기도하는 마음으로

제2부

제3부

제4부

제1부

꽃봉오리는 하루가 다르게 부풀어져도
세상은 왜 반짝이지 않는가
내로남불 새로운 말이 생겨나고
꽃이라고 모두 아름다운가?

이분법적 세상

꽃이라고 모두 아름다운가?
독기 품은 양귀비이거나
즈려밟고 임이 떠난 진달래이거나*
바짓가랑이 부추기는 애기똥풀이거나
이룰 수 없는 사랑으로 불타는 상사화를 보며
당신과 나
만나고 헤어지고 못 잊어 하고
봄볕 속에 서면 아득한 로맨스가 아롱거리는데
봄은 손에 잡힐 듯
꽃봉오리는 하루가 다르게 부풀어져도
세상은 왜 반짝이지 않는가
내로남불 새로운 말이 생겨나고
꽃이라고 모두 아름다운가?

*김소월의 「진달래 꽃」에서 인용

엿

주~욱 당겨서
유혹의 밧줄 하나 만들어 놓고
숭숭 뚫린 가슴 속으로
바람 불기 기다린다

흔들리는 마음 동여매고
내 것, 네 것
많이도 따졌는데

가슴에 욕심 가득한 사람들
옛다! 엿 먹어라

세상이 왜 이래

어서 오시게 친구
콕 찍어 얘기할 수 없지만
천천히 생각 좀 해 보자구
당신은 당신답게 살고 나는 나답게 살고
누가 누구를 탓하랴마는
임금은 임금답게
신하는 신하답게
우리가 박수를 드릴 수 있으면 좋으련만
순수보다 앞서가는 욕심 때문에
민심을 잃어버리고
오직 승리를 위한
구정물 속에 빠진 더러운 몰골이 되었구만
한 모금의 차를 마시며
나의 가슴을 쓸어보는데 자네는 어떤가?
유행가 가수처럼 울고 싶은데
어떤 철학자처럼 호통을 치고 싶은데
나는 왜 이렇게 작아지는가?
자! 식기 전에
차를 드시게

비빔밥

우리 서로 섞인 몸으로 만났지요?
일대일이 아니라도
출신성분이 다르지만
하나가 되려 만났어요
동서남북이 손잡고 뜻을 모읍니다

혼자라서 힘들 때
혼자라서 외로울 때
오일장 골목 어디쯤에서 만난
당신은 나의 힘

잊을 수 없는 고향이 있듯이
헤어질 수 없는 인연을 만들은
고마운 나의 사람아!

과거에 대한 고찰(考察)

어제 밤에
당신이 무슨 꿈을 꾸었는지 나는 모르지

쏜살같이 지나간 당신의 말씀이 지금쯤 어디에 있는지
노래방에 탬버린이 무지무지 흔들려도
당신의 눈 코 입이 제대로 붙어있는지 확인하지 못했어

길거리에 뉴스들이 발끝에 뒹굴어도
어떤 병실에는 호호 웃는 모습이 귀여운 사람도 있고
아들 녀석은 전화 한 통 없네
당신의 길과 나의 길은 애당초 다르니까

변심한 애인이 다른 사람을 만날 때
기분 참 희한하더군

여자가 가르치는 것과 남자를 주관하는 것을 허락하지 아
니하노니…*
역시 옛날은 가부장 시대였는데
권총이나 하나 사야겠네

나른한 나르시시즘에 빠져 햇볕 속에 있으니
아 함! 잠이 오네
흘러간 유행가는 역시 유행을 타는지
산에서 내려오는 아저씨들이 막걸리 집에 들어갔어
보름달이 초승달로 바뀌는데 왜
꼭 열닷새가 필요하지는 않을 텐데 난 모르겠어

*성경 딤 2장 12절

추락하는 것들

눈물은 참 웃기는 거야 울지 않으려 해도 가을비처럼 내
리지
낙엽은 슬프지 않은가 봐
눈을 크게 뜨고 하늘을 보면
먼 곳에서 일렁이는 바람이 보이지
떨어지는 것 모두 상처가 있겠지?
어디로 갈까 망설이다가 돌아서는 모습이 허전하다 느낄 때
우리는 무엇이 될까 한번쯤 생각해 보는 거야

폭포에는 항상 쪽배가 떠 있지 무지개에 매달려서
아차, 하고 후회할 때 뒤돌아보면
오, 가엽게도, 가엽게도 파도가 밀려오지

희미한 웃음은 쓸쓸하지
손길 따라 걷다보면 등불이 보일 때도 있지
가끔은 힘이 솟아나서
당신은 어디서 오셨나요? 나에게 물을 때도 있지
숨 가쁜 박자들이, 시간들이 그렇게 묻고는 하지
비행기 소리에 놀란 새들이
이상한 소리를 만들기도 하지

개똥철학

어쩜, 세상은 대답이 없는 거야!
메아리는 돌아오고 당신은 못 본 척 걸어가고
담장 넘어가는 소리들은
비 맞은 중처럼 중얼거린다 하고
하이! 하고 서양식으로 인사를 하면
당신은 귀를 쫑긋 세우고
혼혈된 언어들은 주렁주렁 열매를 맺는 거야
어르신들은 점잖은 척 하지만 실은 풍선을 불고 있는 거야
옛날 서양 어느 나라에서는 신화를 만들어
영웅을 만들기도 했지만
우리 동양에서는 신선을 만들기로 했지
조금 더 형이상학이라나 뭐 그런 것 때문에
우리 영혼을 묶어두고
도나 개가 아닌 높은 등불을 켜려 했는데
어쩜, 세상은 정답이 없는 거야
당신과 나 사이가 평행으로만 가듯이
아직 나는 해답을 못 찾은 거야

루소를 읽다

마리암*, 루소예요
지금 어느 밤거리를 헤매고 있나요?
미안해요
이것이 결코 자유와 평등은 아니예요
당신을 사랑하는 것은 자유이지만
리본 하나 달았다고 평등일 수 없어요
우리 이제
길거리에 나섰지만 마리암, 당신은
무너지지 마세요
이제 나는 파리로 갑니다
더 큰 나를 만드는 것이 마리암 당신께
용서를 구하는 일이 되기를
아마 당신은 잊지 않을 테지요
미움보다 용서가 더 힘들겠지요

*마리암: 루소의 모함으로 불행하게 된 여자

일상(日常)

그냥그냥 살다 보니
세월은 잘도 가더라
안녕하세요?
우리 아파트 경비 아저씨 인사가 깍듯하다
나도 경비인데요. 뭘
출근하고 퇴근하고 물 마시듯
화초에 물 주듯
저녁노을에 잠겨가는 서산이 조바심에 묻히고
잠자리에 들기 싫어
두 눈만 붉어져서 머리도 아파지고
뒤적이든 시집 속에 해바라기가 있네
내일 모래가 초복인데
애완견은 점점 불어나서
아빠 엄마 미친 세상
강아지 보고 내가 엄마 아빠라네
전화 속 친구는 여름이 왔으니
다음 겨울에는 꽃씨를 뿌리자고
벌써 성화를 부리고
하루가 또 나를 밟고 가네

경계

시작은 하나였다

갈라서는 것도, 네 집 내 집은 의미를 만드는 일
하늘 아래 산다는 것도
소나기 피하듯 숨어드는 일
강물 흘러가서 남과 북이 되고
창문을 타고 넘는 불빛이 따뜻하다고 생각하는 사람은
동화를 읽은 사람
문을 닫고 창문을 닫고 커튼 속으로 숨는
당신은 외로운 이방인
담장을 넘어가는 상사화는 오직 하나 그리움만 생각하고
담쟁이 가쁜 숨소리는 끝나지 않는다

철망을 휘감고 오르는 곱고 연한 나팔꽃도
아침과 저녁이 다르듯
산 그림자 내려앉는 강물 위에
둥지 찾는 철새가족 물살을 가르고 있다

처음과 끝이 하나이듯이…

나그네 되다

그 사람이 얘기 하더라
지난번 살던 전농동에서는
담장 높은 집이 많아 남의 속을 본다는 것은
희미한 추억의 그림자 같았다더라
당신이 나에게 보여주지 않는 그림자들이 잠들면
호숫가를 거니는 유랑자가 된 나는 두고 온 산허리에
노을이 매여 있으리라 짐작할 뿐인데
예나 지금이나 사는 것은 변변치 않아서 당신 어깨에
팔을 걸치면 만월달님이 빙그레 웃기도 한다더라
점성술사는 별을 보고 앞길을 예측하기도 하는데
하루가 저무는 초저녁보다는 샛별 잠기는
새벽하늘을 좋아한다더라
백리 길을 하루에 걸어도 첫발은 언제나 서럽지 않아서
먼동 트기 전에 나서는 청춘도 있고 마침표를 찍는
황혼도 있어서 "어디를 가시나이까?" 물어오는 사람에게는
묵언의 잠언 한 마디 남기고 싶다더라
모든 것은 지나가고 꽃은 또 핀다 하더라

새벽잠

잠자면서도 소곤거리는 혀의 뿌리들
창 밖에는
유리창을 넘고 싶은 말씀들이 당신의 뜻이 무엇이냐 묻는군요

엿듣고 싶은 말들이 많아서 귀를 쫑긋 세우고
열어볼 수 없는 당신 가슴을
대신 나를 열어보라 가슴을 내민 새벽달이 있군요

"달님도 입이 있나요?"
속삭이듯 귓가에 느껴지는 달님향기
"그럼 있고 말고"
밤하늘을 향하여 손을 흔들면
어김없이 대답하는 달님을 본 적이 없던가요?

노크도 없이 문이 열렸을 때
그저 웃을 수밖에 없는 경험이 없지는 않겠지요

가로등이 꺼지며 첫차들이 몰려 나가고
사라진 돼지꿈 때문에라도
오늘은 왠지 좋은 하루가 될 것 같아요

택시

고마워요 당신

나의 세계는 항상 조용하였는데
어쩜 오늘은 종소리를 들을 수 있겠군요

떠나는 사람보다는 다가오는 사람에게
꾸벅 머리를 숙입니다

당신은 당신 세상으로 가고
나의 세계는 꽃피는 동산이 아닌
어둠속에서 등불을 찾는 숨바꼭질 같아요

술 취하여 떠난 친구에게
당신 뒷모습이 남아있다고 전화를 했어요
목소리만 들리는 친구는
오늘 돈 얼마 쓰냐?

갑자기 성경 한 구절이 생각나요
"구하라 그리하면 너희에게 주실 것이요"(마 7장7절)
밤은 늦었는데 왜
오지 않나요?

쉬는 의자

그대 곁에 나를 두라
사랑한다 말 하지 않아도 나,
원망 같은 것 잊은 지 오래
한 줄 글을 읽으면 좋을 봄볕에 앉아
생각하는 것 모두
그대 위에 쌓아두고
조용히 감긴 눈 다시 뜨는 순간에
등줄기로 흐르는 한 줌
사랑 같은 것 잊기로 한다
뿌리 내린 고요가 흔들리거나
멀리서 날아온 낙엽 한잎 내려앉거나
어쩔 수 없는 우리는 또
침묵 속에 내일을 기다릴 수밖에…

타향

아무도 없는 길에 가로등 켜진다
감나무 그림자도 사라진 언덕
궁금한 마음 안고 오른다
간혹 지나가는 바람
느려진 발걸음 재촉한다
급할 것 없는데도 마음은 조급하고
먼 길 돌아 도착한 언덕에서
보이는 것 모두 아득하다
피고 지는 것이 꽃만은 아니라고
정 붙이고 살기가 어렵다는 것
나만 홀로 외로운 것인지
뒤에 오는 사람은 부디 꽃길이 되기를
하늘 가득찬 만월을 바라보는 밤이다

첫 번째

귀여운, 눈에 넣고 싶은
손자와 놀던 할머니 집에 불이 났습니다
허둥지둥 할머니는
애완견을 안고 뛰쳐나갔습니다
나중에야 피눈물을 흘렸습니다

자수성가한 아버지는
고급 스포츠카를 애지중지 하였습니다
차에 낙서하는 어린 아들에게
몽둥이를 던져 아들은 손을 잘라야 했습니다
"아빠 사랑해요"라는 낙서를 보고
아버지는 권총 자살을 하였습니다

모두가 실화입니다
애완견보다도 재물보다도 사람이
먼저 입니다

*위 내용은 인터넷 뉴스에서 인용하였습니다.

저런 고약한

여보게
순악질 여사라는 만화 있었거든,

우는 아이 꼬집고,
겨울 비탈길에 물 뿌리고,
등산로 숲길에 풀끝 묶어 올가미 만들고,
내리막길에 바나나 껍질 버려두고,
깨끗한 골목길에 침 뱉어 놓고,
개 밥그릇 목줄 밖에 밀어 놓고…

싸움은 붙이고 흥정은 깨는
입이 삐죽하고 배가 불룩하여
놀부 마누라가 되면 좋을 여자

자네 곁에 그런 여자 없지
그렇지?

6월에

이름 석 자 남기지 못하고
어느 골짜기 야생화 앞에서
허무하게 무릎 꺾인 아버지

용감하였다
칭찬 대신 자유를 노래히며
험한 계곡 넘어 이름 모를 산을 넘고
내달린 들판에
앵두 익어가는 마을이 있고
두고 온 고향에도 밤꽃은 피었을 텐데
눈앞 야생화에 달빛이 내리는데
꺾어지는 무릎 부여잡고
만세 크게 부르며 눈을 감았을…
아,
현충일 아침이다

제2부

꽃이 다시 피어나듯
우리도 다시 피어나면 좋겠네
큰 강줄기 휩쓸고 지나가도 다시 일어서듯이
은혜를 잊지 않고 손 잡아주면 좋겠네

기도하는 마음으로

꽃이 다시 피어나듯
우리도 다시 피어나면 좋겠네
큰 강줄기 휩쓸고 지나가도 다시 일어서듯이
은혜를 잊지 않고 손 잡아주면 좋겠네
새벽꿈 깨고 나면 허전하여도
새날 밝아오니 희망이듯이
땀 흘린 당신 저녁 햇살 따라 집에 잠기듯
함께하는 가족 있어 저녁밥이 따뜻하겠네
기도 끝난 후 마음이 평화롭고
소망하는 일들이 이루어질 때
곁에 있는 아내가 고와 보이고 오늘 하루
어깨가 부었다고 토닥여 줄 때
모든 것 고맙다고 춤을 춰도 좋겠네
밤이 깊어지면 감사기도 드리고
조용히 등불을 끄면 행복하겠네

소곤소곤 정답게

내 첫사랑은 아직 진행형이다
봄 햇살에 반짝이는 냇물 같은데,
아지랑이 속으로 날아드는
노랑나비 한 마리
귀 기울이면 사르르 녹아드는 날갯짓이다

바람 속에 흔들리는 단풍도
그리움에 깊어지는
동짓밤 별빛 같아서
함박눈 쌓이는 뒤란에
가난한 누이의 한숨이 함께 쌓였고

잠이 오지 않는 밤
꼼지락 거리는 발가락들과
이불 속 파고들던 동생들의 투정이
소곤소곤 정답게 들리던
지금은 사라진 그때 엄마의 방

제암리교회에서
−3·1 독립운동 100주년에

잊으려 해도 눈물이 난다
용서할 수 없다고 분노해도 어찌할 것인가?
역사 앞에 무릎 꿇고 고개 숙여도
울부짖던 함성, 비명소리 생생히 들리는 듯
불길 속에서도 다급하게 소망한 기도소리를
무엇을 가르치려 그분은 외면했는가?
총칼 앞에서 굽히지 않고 일어선 님들이여
이제는 눈물 닦고 지켜보시라
저승과 이승이 멀기만 하랴
야차 같은 놈들의 앞길이 어찌 편하랴
기어이 패망에 불벼락 떨어졌으니
그분도 우리를 외면하지 아니하셨고
백년의 세월 지난 이 강산 위에
새로운 꽃봉오리 피어나리니 선열들이여
절통한 마음 어찌 잊을까마는
이제는 고이고이 영면하시고
이 나라 이 후손 지켜보아 주시옵소서
그분도 역사를 기억할 것이니…

저녁기도

아침 나설 때
찬양처럼 기도하고
오늘 하루 든든한 배경을 만들어 둔다

잘 포장된 아스팔트 도로에도
숨어있는 가시가 있어
허공에 넘어지듯 절벽에 막힐 때 있다

눈 감으면 더 어지러운
머릿속 바람은 항상 젖어있었다

소망을 얘기하고
꿈을 꾸는 시간에도
빗속에 씻겨가는 말들은
뿌리 내리지 못하여 냇물의 속삭임이 되더라도

오늘 하루도 무사했다 두 손 모으고
거룩한 저녁밥상에 둘러앉는다

두 번째 기도

하늘에는 영광이듯
땅 위에는 사랑이 있게 하소서
우리 살면서 가슴은 항상 따뜻하게 하시고
영혼은 맑게 하소서

혼자 있을 때
외로워서 울고 싶을 때도
기도하게 붙잡아 주소서

부족하다고, 불편하다고
낙심하지 않게 하소서
쉬운 언어로 소망하고
가난하고 못 배운 저희도 기도할 수 있게 하소서

새벽 종소리 울리듯
멀리멀리 퍼져가는 여운이게 하소서
사나운 겨울에도
두 손 모으게 하소서

가을

고맙습니다, 모든 게
시련 이기고 맞이한 당신은
폭풍 속에서도, 갈증 속에서도
꿋꿋이 일어섰습니다
한 때,
꺾어질 순간에도
어둠 이겨내고 아침을 맞습니다
알차게 영글고 익어가는 계절에
당신에게서 배웁니다
이 몸도 어떻게
익어가야 되는지를…

위로

모두 다 잘 될 거라고
지나가는 바람 같은 것이라고
흔들리며 피는 꽃이 향기가 멀리 퍼진다고
바람에게서 삶을 배웁니다

상처 없는 세상이 없듯이
희망 없는 생애가 있을 수 있으랴
가끔 흘리는 눈물이
당신과 나의 소금이 되어
오늘을 일으키는 거룩한 힘이 되고

무거운 어깨 토닥이며
다시 일어나는 힘이 됩니다

사랑, 이별

당신을 꼭 안았을 때
그 포근함이란
당신 곁에 누웠을 때
그 따뜻함이란
말로는 표현할 수 없는
가슴속 흥분을
사랑이라 말해도 될까요?

당신을 떠나올 때
아니 울고는 안 되는 흘린 눈물이
세월 흐를수록 마르지 않는 것은
잊지 못하는 당신을 떠나온
부질없는 회한인가요?

사랑, 이별 모두가
불치의 아픔인가요?

아내에게

설령 가난하게 살았다 해도
당신과 나를 꽃과 나비라 하자
조금은 어설프고
가진 것 없어 부족했다고 하자
작은 텃밭에 꽃을 심고
뜨거운 햇볕 가려줄 그늘이 되었을 때
희미한 빛과 그림자로
우리 조용히 살아왔다고 하자
욕심은 끝이 없는 것이라서
우린 어쩜 바보같이 소박하게 살았다고 위안하자
이젠 황혼에 섰는데
두 손 모아 소망하는 일이
어디서 무엇이 되더라도
다시 만날 수 있기를
새벽 종소리 울리듯 맑고
은은한 모습으로 다시 만나자

7월의 시

아니 벌써
아직 더 함께 있고 싶은데
떨어지는 꽃잎 아래 부풀어지는
결실들이 익어 갑니다

사랑하던 사람이 떠나기도 하지만
땀 흘린 뒤 포만의 나른함이
청량한 한 줄기 바람이 그리워질 때
울지 않지만 뒤돌아서서
이마에 맺힌 땀방울 쓱 훔칠 때에도
잊히지 않게 꽃향기 간직하고 싶어서
오늘의 일상을 당신께 전합니다

어디서 무엇이 되었든
우리는 매일매일 성숙해지고
장맛비 속에 또,
아픈 가슴도 여물어 갑니다

꽃바구니

눈물 뿌리고 떠나온 애인 같은 사람에게
무선전화기 켜 놓고
노을 속으로 날아가는 제비 한 마리를 봅니다
그때는 당신 제비 같았는데

들판에 서면
도화 향기 속으로 찾아드는 나비 같다고
통기타 속 울림통을 적셔 주었는데

장미를 다듬어 수반에 꽂고
멀리서 달려온 수국 두어 송이 뒤편에 세우고
천사의 옷 같은 안개꽃은
먼 과거의 웃음 같은 배경이 되고

잠 못 이룰 당신의 눈물을 뿌려
베이스의 저음이 새벽을 깨울 때까지
이 밤을 기다려도 좋을 당신을 위해
무지개다리 되었으면 좋으리

월광(月光)

야심한 시각인데 날 기다렸나요?
그믐밤인데,
옛적 화려했던 시절은 잊어버려요
끈질긴 인내만이 빛을 보는 법

작은 풀벌레도 몸을 숨기는 시간
먼 바다 항해하는 뱃고동이 잦추 우는데
곧 도착할 부두에
새벽비 내려 가로등이 젖는데

애련(哀戀)에 젖은 눈동자
서쪽하늘 바라보며 넘어가는 당신
오늘도 아쉬움이 남았나요?

우산 속으로

비가 오지 않는 시간은 침묵으로 소란하다

당신과 나 사이에는 햇빛이 가로막아 섰다

콧바람이 풍선주머니를 만들고
비가 쏟아지면 좋으리라 몸을 숨긴다

숫자들은 무한대로 셀 수 있으니
하나가 무효가 될 때까지 손가락을 꼽는다

기둥이라는 것도 언젠가는 무너지는 신세인지라
하늘을 감추는 지붕이 만들어지고
기다리는 시간들은 잠 속에 지루하다

어제 오늘 내일
똑같은 모양의 음식을 먹는 우리는 항상
시간 속에 끌려 다니고 저항하기 이전에 인사법부터 배워
야 한다

움직이면서 걸어가는 사람들
바깥세상으로 나오지 못하는 사람들
떨어지지 않으려 어깨를 바짝 붙이면
우리는 서로를 침범하여 뜨거워진다

햇빛 그리운 그림자처럼

꽃잔디

낮아도 빛나는 겸손
뭉칠 줄 아는 힘이 모여서
보란 듯이 한 무리를 이루었다
세상살이가 어디 덩치로만 되든가?
작아도, 적어도
꽃다운 생도 있어서
가난한 민초가 모여서 만들어내는 들판에
봉오리 터지는 함성이 들리는 듯하여
가슴에 못이 박힌 사람들
아우성 보다 고요한 바람 흘러가는 곳으로
숨죽인 시선들이
바쁘게 일어서고 있다

밥

부드럽고 따뜻한 사람
만나면 절로 흐뭇해지는 사람

한번 자리를 만들어
함께한 시간이 생겨나면
그만 가까워지는 신비한 힘

속상하는 일 생겨 멀리하면
점점 어둠으로 다가서는 묘한 흡인력

가끔은 호기어린 뚝심으로 외도를 하여도
어쩔 수 없이 돌아오는 귀소본능

시원스레 잊지 못해 과거에 박혀있는
내 청춘에 멍이든 옹이 하나

돌아서서 미소 짓던 관음의 모습처럼
정녕
잊지 못할 인 박힌 사람

우정

초등학교 동창회에서
고등학교 교장으로 퇴직한 50여 년 만에 만난 저 녀석
아직도 불알에 털도 없으리라
마을 냇가를 생각하는데

첫잔을 높이 들고 건배사를 하는데
느닷없이 "사우디" 한다
뭐냐?
너도 사우디 갔다 왔냐 물었더니
"사나이 우정은 디질 때까지"란다
허, 그래
사나이라면 그래야지

모질고 험한 세상 누구 믿을 사람 있는가
죽을 때까지 우정을 지키는
뭐라든가, 관포지교 같은 그런 벗 있으면
사우디 열사의 사막이든
가보지 못한 유황의 연옥이든
무엇이 겁나랴
같이 가보는 거지

벚꽃 지다

꽃바람 불어서 눈물 마르고
꽃잎 떨어진 거리에 자지러지는 함성

내 꿈이 꽃으로 피어나 향기롭던 시절
그리움도 없이 밤새 울었네

지금은 잊어야 할 것 많아서
낙화처럼 사라지는 시간이라네

우리는 이별도 우습다 하고
때가 되면 떠나는 게 정이라 했네

언제쯤 만날 날 다시 온다고
흐릿한 약속 남겨두고 떠나간 당신

새 꽃 돋을 날 기다림 지쳐갈 즈음
화들짝 찾아오신 봄날이 가네

소소리바람

'사시나무가 떨면 봄이 온다'는 속담을 만든다
가지 끝에 등불을 켤 때 쯤 우리는 외투를 벗고
소소리바람 불어오면 나무들은 물관을 세운다

떠나는 것은 뒤끝이 불안하다

사랑했던 것들 놓을 때 나는 초상화를 그리고
내 몸속 혈관도 물관이 되어 씻기어진 사랑들 야속하게
입을 닫고 떠나고 있다

흔적을 두고 가도 좋을 겨울이 가고, 삭풍이 가고
종소리 먹고 살던 허공은 슬그머니 꽃을 피웠다

흔들리는 것이 모두 바람은 아닌 듯
옹골진 가슴에도 뿌리 내려 꽃이 피고
화전민 떠난 자리에 자리 잡은 사시나무 형제들
다시 꽃을 피우고 바람 부르고
부르르 털고 일어서는

사시장춘 봄을 물고 가는 아지랑이 속삭임이
봄 여울을 건너고 있다

제3부

등줄기 사라진 땀방울이 내일 다시
꾸역꾸역 솟아나도
배부르면 두려울 것 없다
걱정할 것도 필요 없으리
희망은 늘 가까이 있는 것이니

순댓국

텁텁 시원한 것이
소주와 만날 때 깔끔하다
애주가 아닌 사람은
이것을 먹지 마시라
돼지 냄새가 얼굴을 훅 덮을 때
끔찍했던 오늘 하루가 로또복권처럼 지나가고
주머니가 가벼워도
세상살이 고맙다고 겸손해지는,
등줄기 사라진 땀방울이 내일 다시
꾸역꾸역 솟아나도
배부르면 두려울 것 없다
걱정할 것도 필요 없으리
희망은 늘 가까이 있는 것이니

초복

그날은 비가 왔습니다
습도가 높아서 상쾌하지 못했습니다

잊지 않고 찾아오는 빚쟁이처럼
호불호는 확실히 나뉘어지는군요

이열치열이라면
어디를 간들 바람을 기다리고

햇빛 바른 골목 끝쯤에는
고향을 생각하는 어르신 몇 분 그늘을 찾습니다

살아온 날들이 힘들지만은 않았다고
늙으신 아버지 목침을 당깁니다

서산노을

숨겨둔 눈물 있다면
저 산 아래 은근 슬쩍 뿌리고 오시라
기쁨도 서러움도 잦아드는 하루를 보내고
아롱지듯 저문 강물 위로
산그림자 잠겨지는데
한낮에 솟구치던 날갯짓도 이제는
내일을 위해 접을 시간
포란을 위한 날개 펼치며 모여드는 새들을 보라
버리지 못한 껍데기 있다 해도
정주지 못하고 떠난다 해도
지친 몸 쉬어갈 둥지를 찾는
황혼에 선 저 산 아래 가시면
숨겨둔 눈물 있다면
내일을 위해 아껴두지 마시라

하지 지나고 한 달

꺾어진 햇살 속에서 가시가 돋습니다
젖고 습한 등줄기로 바람 들썩일 때
행복은 멀리서 오는 것이 아니라
손닿으면 만질 수 있는 거리에 있습니다
가끔 긴장도 풀어놓고
오수에 빠질 시간입니다
짧은 시간 속에서도 꿈을 만듭니다
수제비 한 그릇에 그때는 웃음이 나왔습니다
고향 냇가에는 물방울이 튀고
물방울 속에는 무지개가 무진장입니다
결국, 여름은 익어가는 것이고
부끄럽게 익어가던 과거들이
이제는 붉게 부서지는 햇살이 되었습니다
그런데도 해님은 아직
식을 줄을 모릅니다

탄금대*에서

꽃잎 졌네
춘삼월 향기는 가슴에 간직하고
못다 핀 사랑은 잊어라 하네

흐르는 강물에
반짝이는 햇빛이 눈부시다
천년을 흘러도 마르지 않는
탄금소리 쟁쟁한데

들판을 몰아친 장부의 기개가
바람소리 물소리에 아롱져 흘렀구나
피고 지고, 지고 피고
인걸도 꽃잎 같고
못다 핀 충의는 물속에 잠들었네

*탄금대: 우륵 선생이 가야금을 타고, 임진왜란 때 신립 장군이 전사
한 충주에 있는 공원

이별

단풍도 서러워서 떨어질 때
당신 만나고 뒤돌아설 때
가을도 점점 멀어져갈 때
어둠 속으로 멀어져가는 기차소리가
흐르는 눈물같이 가슴 아플 때
당신을 떠나며 울었습니다

살아간다는 것이
시시하다고 느낄 때도
당신 가슴에 못을 박고 떠나올 때도
하늘 향하여 울지 않겠다고
다짐할 때도
왜 그런지 눈물은 흘렀습니다
자꾸자꾸 눈물이 흘렀습니다

갈대꽃

가슴 속에서 뽑아올린
저 한없이 부드러운 꽃
소리 없이 울다가
몇날 며칠인지도 모르고
안갯속에서 찾아온 백발
소용돌이처럼 지나간 봄날
꺾일 줄 모르고 치솟던 청춘 가고
저문 강 지켜보는
강둑에 내려앉은 햇살이
꽃잎에 부서진다

단풍

젖을수록 뜨거워진다
골이 깊어 더욱 반짝인다
질투의 힘은 무섭다
짝사랑이 병이 되었는가
불이 붙을수록 차가워진다

삼십 년 전의 여자를 생각한다
돋는 잎새 같은 그 여자
후~ 불면 꺼질 것 같던 그 여자
가을이 깊어갈수록 부끄러워하던 그 여자
늦가을 서리에 뜨거워지던 그 여자
조심하시라! 그 여자
온몸이 불꽃이다

봄날은 간다

좀 미안했지만
덜 핀 꽃가지 하나 꺾어 화병에 꽂아두고
방 안이 환하여지기를 기다리며
울긋불긋 반짝이는 꽃잎을 가슴에 심었다

사실을 말하자면
지금쯤 산속 어딘가 바위에 걸터앉아
자연스럽게 피어나는 철쭉 한 무리 감상함이
도리라 생각하지만

마음은 급하고
그리운 사람 때문에 눈물 마르지 않고
즐거운 일들은 순간처럼 지나간다
보고 싶은 마음 성화를 부려도
서둘러서 좋을 일 없다는 듯
어림없다는 듯
시무룩 주저앉는 꽃봉오리

난(蘭)

휘날려 뻗어난 장삼자락같이
달빛 아래 일어서면
저 도도한 자태 아래 빛나는 침묵
금보다 무겁고, 미풍에도 퍼져나는
가슴 몽롱한 향기를 본다

언제던가?
나 당신에게 물 한 모금 공양하여
스스로 고개 숙여 번뇌를 씻고
아픈 가슴 위로 받아 눈물을 씻을 때
향기는 숨죽이듯 맑기도 하였다

쑤~욱 솟아난 꽃대 끝에
엄동(嚴冬)의 한 이겨내고 맺혀진
여인의 속옷 같은 수줍은 꽃잎이
청자보다 고운 기품 눈물겹구나

난(蘭)을 치다

난 한 촉 휘어져 뻗는 것이
허공을 가로질러 햇살을 가른다
빛 뒤에는
숨어져 안 보이는 세월도 있고
나, 당신을 몰랐던 시절
비틀거리며 살아온 시간들이 암막(暗幕)같이 숨어있다
부끄럽지 않게
올곧게 살아가라는 가르침의 모습 같아
한 획 두 획
눈물로 펼쳐도 심연의 바닥은 보이지 않는데
아픈 순간들 참고 견디어
보란 듯이 솟아나는 신아* 한 촉에
가라앉는 붓 끝에
새 힘이 실린다

*신아: 난의 새로 솟는 싹

호접란(胡蝶蘭)

꽃 속으로 나비 한 마리 날아 왔습니다
'사랑합니다' 이 말은 꼭 하렵니다
내 인생 꽃이라 생각하면 행복하지 않겠어요?
내 자아는 고결하고 씩씩한 당신에게로
다가서는 것
행복을 찾는 사람들
흩어진 마음 달빛 아래 모아두고
은은히 찾아오는 향기 속으로 들어가 봅니다
영원도 순간에서 시작되듯
마음먹기 따라 꿈도 여물어지고
향기 좋아
나비 한 마리 날아간 허공에도
한 줄기 꽃길이 생겼습니다

버들강아지

냇물 위에 별이 뜹니다
별 하나, 나 하나, 너도 하나 물속에 잠겼습니다
이제 바람도 가벼워졌습니다

냇가에 앉으면 소리 없이 다가오는 오수(午睡)
소곤소곤 흐르는 물살 위로 겨울 가고
포근한 누님의 냄새 같은 보드라운 기운이 얹혔습니다

솜털 같은 날
나를 반겨줄 사람을 찾아가는 마음으로
휘파람 불며 강변을 걸으면
발끝에는 아지랑이 휘감겨 따라옵니다
털빛 고운 강아지 한 마리도 살랑살랑 따라오고
못 이룬 사랑을 잊어도 좋을 날입니다

이제 다시 시작할 일들이 많은 새싹같이
바람에 흩어지는 깃털 같은 꽃잎 보며
서럽게 울어도 좋을 봄날입니다

불상(佛像)

어디서 무엇을 보든
저 고요한 미소는 보라
감은 듯 뜬 듯 자세는 편안하다
생각의 원천은 사바세계 지나서
서역 어디 한 줌의 번뇌에서 시작되고
정중동(靜中動) 넘치는 고요
휘어지듯 감싸 안은 곡선 위로 나부끼는 소리
비단 한 자락 펼쳐
자비로 가득한 세상 덮을 수 있을까?
어쩌다,
수묵화 같은 슬픔이 오면
하루 종일 눈 감고 선방에 앉아
아픈 다리 씻어내려 눈물도 씻고
어둠도 보았노라 비바람도 견디었다
천년 너머 오늘까지
합장 한 소리 공양으로 들으며
중생 굽어보는
묵언의 법문이 번뇌를 씻겠다

힐링
-템플스테이

천년세월 수덕사 푸르르구나
한 장 기와에도 공덕이 쌓여
부처님 미소 속에 중생을 감싸 안고
단청 없는 대웅전
불경소리 가득하여
백팔 배 무릎 꿇어 어둠이 내렸구나
속세의 인연 끊지 못하니
어깨 위에 남아 있는 어머니 손길 따뜻하여
비구니 합장 속에 용맹정진 숨었구나

한 줌 번뇌도 찰나이리라
가부좌 부처님 미소 짓는데
마음 속 상처 내려놓고 정토를 바라보라
속 비운 목어는 눈동자가 살아 있고
새벽 예불 목탁소리 여울지는데
동녘하늘 사바 위로 부처님 솟는구나

중앙탑에서

여기가 어디인가 아는 사람 있나요
눈 감으면 보이듯 들려오는 함성
신라천년 웅지가 모인 곳이려니
동서남북 겨냥해도 중앙에 섰다

탄금을 바라보니 가야금 울고
수연(水煙)에 걸린 달 돛배가 되니
하늘 가득 노 저어 정토로 갈거나

박차고 뛰어나는 말굽 아래로
중원천지 숨소리가 합수머리 모여더니
뜻을 모아 우뚝 세운 발원을 본다

합장하는 손끝에는 애련이 피는데
고개 숙인 머릿속 서라벌이다

*용흥초등학교 12회 졸업생 동창회를 충주시 중앙탑에서 가졌다.

낙화(落花) 이야기

꽃이 피려면 흔들린다고
흔들리며 향기를 멀리 보낸다고
나도 어른이 되기까지 많은 아픔으로
흔들림 속이었다

꽃이 되지 못한 서러움으로
열매 맺지 못한 한 세월을
이루어지지 않는 기도를 드릴 때도
마음은 연분홍 꽃잎이고 싶었다

외롭다고 느낄 때도
가슴 먹먹한 그리움이 눈물같이 몰려올 때,
풍문에 들리는 첫사랑의 소식이
그 사람도 여행처럼 먼 나라로 갔다고 하고

잠 못 이루어 듣는 음악이 날개가 돋아
새벽이슬과 함께
꽃잎 위에 떨어질 때
동녘하늘은
또 여명(黎明)에 물들고 있다

꽃비바람

꽃이 피는 날
햇살이 좋아서
가슴까지 따뜻해지면
빙그레 웃어보고

비 오는 날
창문에 빗소리 좋아서
고향집 추녀에 풍경소리 그리워
빙그레 웃어보고

바람 부는 날
뒷산 알밤이 다투어 떨어질 때
찢어진 누이의 흰 고무신이 생각나서
콧잔등 찡하게
빙그레 웃어보고

제4부

그리움 남아있는 당신 이곳에 오라
사색의 깊이도 격이 있어서
혼자 앉아 있어도 심심하지 않는 곳
가로등 불빛이 물속에서 피어날 때는
아름다운 세상!
조용히 한 세월 살다가
후회 없이 흐르는 게 세상이구나

장편소설(掌篇小說)

미국 사돈과 봉평에 갔겠다
마침 메밀꽃이 흐드러지게 피었겠다
우리 전통음식을 먹겠다니
막걸리에 묵사발을 안겨 주었는데
묵사발을 희한하게 생각하는 눈치여서
재료와 조리법을 짧은 영어로 설명했는데
이해하는 둥 마는 둥 잘 먹었다 인사를 하기는 하는데
이효석문학관을 한 바퀴 돌아보고
『메밀꽃 필 무렵』 영역본을 선물하면서
"I am a poet"
"Really?"
귀국 비행기에서 읽어보라 하니
"Of course" 하더니
얼마 후 E-mail이 왔겠다
이렇게 재미있는 소설은 처음 읽었다
허생원과 동이의 관계가 환상적이다
달 밝은 밤 자기 집 정원에 소금을 뿌려보았더니
웬걸 메밀꽃 향기가 온 집안에 가득하더니
첫사랑 소녀가 웃고 있더라며 너스레를 떨었겠다

아들에게도 읽게 하고 코리안 며느리가 더 예뻐 보인다며
코리아 참 아름다운 나라여서
꼭 다시 방문하겠다
E-mail 끝에는 엄지 척 사진이 붙어있었다

중랑천 둔치에서

강물 위로 바람이 지나갈 때
물결 흔들리는 것을 본다
가로등 보다 먼저 내려앉는 석양 속으로
장미 향기가 내려앉는 벤치에 온기가 남아 있다
심연(深淵)에 사는 나는
머리 위로 흘러가는 구름을 보며
오늘 하루를 살고 있다고 깊은 숨을 마신다
흔들리는 것들도 있어서
모두가 따뜻한 세상은 아닌데
먼 곳에 있는 친구를 생각하면
오랜만에 손 편지 한 장 쓰고 싶다
그리움 남아있는 당신 이곳에 오라
사색의 깊이도 격이 있어서
혼자 앉아 있어도 심심하지 않는 곳
가로등 불빛이 물속에서 피어날 때는
아름다운 세상!
조용히 한 세월 살다가
후회 없이 흐르는 게 세상이구나

걷기운동

속도조절이 문제가 될 때 거북이 심정을 이해하다가
바람 속으로 지나가는 첫사랑을 보았다
생각이 없는 순간에는
하나, 둘 구령에 맞추어 행군하던 논산훈련소를 다시 생
각하고
그때 말없이 떠난 친구의 누이가 지금은 어디서 무엇이
되었는지 궁금하지만
'받들어 총' 하던 손동작으로 다행스럽게도 불만이 없어지
는 것이다

저것이 황새인지 두루미인지도 모르면서
아마 고고한 학이라고 에둘러 생각하면 마음이 편안해 지
는 것도
타고난 천성이라 치부하면 역시 마음이 편안해 지는 것이다
좌측으로는 갈대가 튼튼한 뿌리를 내려 포토존을 만들어
놓고
유행가 한 자락 부르고 싶은 자전거가 위태하게 달아난다

물 속 잉어들은 왜 몸부림을 치는지
너무 멀리 떨어진 행성에도 오늘은 있어서 바람도 불고
"시민 여러분 오늘은 미세먼지가 매우 나쁘니…'

안내 방송이 나올까 하는 의문이 생기기도 하는데
난데없이 스마트폰이 울리는 것은 무슨 이유인지 모르겠다

평상시에 팔을 높이 흔들고 발걸음을 씩씩하게 하여
행군자세로 걷는 고지식한 사람은 아마 신발 뒤축이 무너
지고 있겠다
휘파람을 불거나 벤치에 앉은 사람은 불행하거나 그리움
을 알고 있을까
언제쯤 편지 한 장 받는 날이 있기를 기다리는 순수한 사
람이기를 기도할 뿐…

꽃향기 피어나는 오월에 멀리 있는 소식을 듣고
곧 비바람 몰려와도 오늘은 두렵지 않겠다
뿌리는 발끝에서 시작이고 내일은 또 내일이다

바람처럼 새처럼 가볍게 걸을 수는 없어도
세월을 보내는 것도 세월이 하는 일

땀 흘리고 튼튼해지는 것도 지르박 스텝을 밟듯 돌고 돌
아서
당신에게 가까이 가는 일
곁을 지나가는 사람에게서 향기가 날 때
가슴이 숨차 오르며 흐뭇해지는 일
강변둔치에 땀방울 떨어져 꽃이 피는 날이다

육덕지다

-도둑님 심보

새로 개업한 빈대떡집이 참 육덕지다
더하여 야무진 얼굴로 눈웃음을 살살 흘려
뭇 놈들이 넘실대는데…

LA에 살적에는 제법 성공하여 링컨*을 타고 다녔다는데
사기꾼은 도처에 많아
고국으로 U턴을 했는데, 했는데…

내 친구 李 君이 어찌어찌 해볼 요량으로
떡 하니, 백만 원을 선불로 맡겨두고
생쥐 풀 바구니 들락거리듯 하면서
유효기간 한 달이라 큰소리 하며 온갖 용을 써 보았는데
이게 도대체 어찌 안 되는기라

한 달은 다 되어가고 안달이 나서 나에게 묻는 것이
돈 버리고, 속 버리고 애를 썼는데도 허사가 될 듯하다고
"시발 니기미 무슨 방법 읎냐?"고 묻는데

속으로 그 빈대떡집 참 야무지구나 칭찬하며
"야야 내가 카사노바도 아니고 좋은 방법 있으면
내가 먼저 써 먹었지"
위로 아닌 위로를 하면서 마신 소주가
퍽 시원한 밤이었다

*링컨: 고급 승용차

잔영(殘影)

꿈속에서 본 사람은 로마에서 만난 사람
트레비 분수에 동전을 던질 때
떨어지는 것은 가속도가 붙어서 가슴 서늘한 여운이 남고
다시 오겠다는 약속 하나 묶어두고
이국의 빗줄기로 흥분을 달랬는데

이상하다 겨울비!
만산낙엽에 떨어지는 빗소리가 서럽게 파고든다
남아 있는 그리움들이야 잊으면 그만인데
씻기지 않는 겨울비의 속삭임은 눈물이 되는구나
상처가 되었구나
갈림길에서 만난 옛 친구처럼
아쉬운 손길만 나누는구나

가슴속에 불덩이를 갖고 사는 사람
나를 숨기고 빗속을 걸어도
겨울비 오는 소리가 이리도 정답게 들리는 것은
아직도 잊지 못할 그리움이 남아 있기 때문인가

주치의 선생님

막걸리 드시면 안돼요 그럼 소주는 괜찮은가요? 그것도
조심하세요 나는 조심하라는 말이 고마웠다 조심이라는
것은 조금은 허용 된다는 의미가 있으므로 애주가인 나를
숨 쉬게 하는 말이다 멀리 있는 친구여 혹시 언제고 나 만
나더라도 이해하시게 이제는 예전처럼 마시지 못하리니
건강에 조심하여야 할 나이도 되었으니 권하지 말게 섭섭
하지만 조금은 더 살고 싶으니 의사 말씀 들어야지 않겠
나 혈당검사 마쳤는데도 나 보고 자꾸 이것저것 검사하자
하는구만…

소소하지만

가난한 아내가 웃으면
그저 좋다
그때는 내 가난한 어깨도
으쓱 올라가고
그래,
사는 것이 별 것 아니지요
당신, 나
함께 웃으면 그것도
행복이지요

비오는 일요일

일요일 아침인데 약속이 없다
가라앉는 곳마다 번개가 번쩍인다
천둥이 놀라 외마디 비명을 내지른다
그것 참 희한하지
눈물 없이 볼 수 없는 영화 한 편이 지나갔고
아내는 슬그머니 화장 중이다

나를 기다리는 식탁에는 드디어 장미꽃이 피었다

어제는 어제 할 일을 어제로 미루었고
친구가 찾아 왔을 때
모르는 척 내 생각을 굽히지 않았다

아무도 불러주지 않는 꽃들은 시무룩 시들기 시작하고
나무가 된 풀들은 하루가 다르게 도도한 척
굳게 눈을 감는다

나와 그가 하나가 되고자 제안했을 때
말끝에는 헛웃음이 피어났고
허공에서는 깔깔 웃는 소리가 나를 넘어가고 있었다
"어디 갔다 오세요?" 묻는 나에게
오늘은 비오는 일요일이라는 대답을 들었다

수필같이

종가(宗家) 형수 문상을 갔다
일 년 더 사셨으면 백수(白壽)하시는데 상주들을 위로하니
노총각 외동아들은 눈물만 글썽이고
시집간 딸들은 아들 고생 끝났다고 잘 가셨단다
하기야 노모 모시느라 환갑이 다 되도록 결혼을 안했으니
효자인지 불효인지…
삼우제 끝나면 시원스럽게 울어보고 싶다는 노총각 조카
님이
혼자 어떻게 살아갈지 애처롭기도 한데…
망자의 일생을 얘기하는 집안친척들은 종부가 없어졌으니
걱정이라 수군대고 반가(班家)의 전통을 지키지 못하게 되
었다고 걱정이다
각설하고,
저녁때 되어 망자의 궤연(几筵)에 저녁상식을 올리는데
노총각 상주가 첫잔을 드리고 일동 재배하고
모인 친척 중 제일 항렬(行列)이 높은 나에게 두 번째 잔을
올리라는데
크리스천인 나는 절을 안 하는데 어쩔 수 없이 잔을 올리고
묵념으로 물러났는데 집에 오기가 무섭게 배탈이 난다

코로나 19로 모두가 조심스러운데 식구들이 더 걱정을 하
면서 아내는
체온기를 들이 대는 것이었다
내 생각은 그게 아닌 것이다
우상제단에 잔을 올렸으니 노여움을 산 것이라고 제법
신앙스러운 생각을 하고는 그래도 돌아가신 형수님과의
옛정을 생각하니
냉정해질 수가 없는 것이라 소주 한 잔으로 마음을 달래
는데
또, 배탈이 나지 않을지 심히 걱정이 되는 날이었다

새벽에 떠나는 기차

있는 듯 없는 듯 조용히 떠나네
기적소리 새벽 속으로 묻히고
흘린 눈물만큼 가슴 아린 사람이 우두커니 서 있네

뒷주머니 손수건이 촉촉한데
우리 만났던 날들이 소리 없이 사라지네
새벽안개 밀려와도
역사(驛舍)에 가로등은 꺼지지 않네

당신과 나 사이가 점점 멀어지네
이왕 가려거든 부산으로 가시게
더 먼 곳 역으로는 가지 마시게
파도에 막혀 갈 길이 없거든
나 탓하지 마시고 돌아오시게
미련 같은 것 잊어버리고 우산이 없어도 좋으니
비를 맞고 오시게

씻긴 가로수 밑에서 기다리시게
또 출발을 알리는 기적소리 들려도
나 눈물 다시 흘리지 않겠네

악처(惡妻)

소크라테스 형님 안녕하시우 근간 생활이 어떠하신지 궁금하우

천둥친 다음 비가 오는 것이야 당연하지만 형님 얼굴에 악보가 보이는 것은 이상하우 가난도 익숙해지면 참을 수 있지만 육체의 불만이야 본능 아니우?

살기 위해서 빵이 필요하고 추위를 막으려면 외투가 필요한데 또 다른 중요한 것이 있다는 것도 모르시고 형님은 잠자리도 멀리 하셨다니 그 정도로 다행으로 아시우

멀리선 온 반가운 친구와 철학과 주도(酒道)를 얘기하며 밤 새는 줄 몰랐는데 제 시간에 귀가하지 않았다고 저녁밥도 못 먹고 빌고 있는 중이라우 형님 닮으려다 아우도 참 불쌍한 신세가 되었다우

노총각 귀하

철수 형!
언제 장가 가려우?
결혼 할 생각은 아직 유효하우?
아직 코골이는 여전 하시우?
요즘은
두부 사고 쪽파 사기가 쪽 팔리지는 않수?
아니,
익숙해졌겠수 그러나
난 철수 형이 부럽소
마누라 잔소리는 지긋지긋한 것
주태백이라고, 게으르다고, 심지어
가난하다고,
돈 많이 못 번다고 하는 것은
그런데로 인정하지만
한 이불 덮지 않는다고 손톱을 세우는데는
기가 막히오 내 나이가 얼마인데…
난 혼자 사는 철수 형이 정말 부럽소

자작나무 숲

이렇게 순수한 세상도 있구만!
온통 환하여 거짓말할 수 없겠다
자작자작 다가오는 바람소리에
욕심 내려놓고 미움도 버리며
올곧게 자라 하늘 우러러는 호연지기(浩然之氣)를 본다

잊혀지지 않는 상처로 마음이 아픈 사람은
이 숲에 서 보라
몇 겹을 숨겨도 다시 돋아나는 새살같이 상처는 아물고
함께할수록 더욱 빛나는 곳에서는
한 줄 글로 마음 달래는 눈물이 된다

청자색 하늘 우러러보는 나무들 옆에 서서
작은 꽃으로 피어나도 좋겠다
부끄럼 없이 환하게 속삭여 주는 이웃같이
은빛 반짝이는 숲속에서는
숨 쉬는 것 모두가 꿈속 같겠다

백로

중랑천 물이 불었다
잉어 때는 흙탕물 속으로 숨었다
먹을 식량은 무사한지…
목이 긴 백로
집중의 순간이 날카롭다
긴 목 아래 감추어진 고요
번개 같은 동작으로 순간을 찢는 파열음
파닥이던 물고기
생과 사는 순간이다

더위

송사리 뛰어 오르듯
찰방찰방 물장구치는 소리에
등줄기 시원해지고
더위를 식히는 개구쟁이들
악동이라도 된 듯이
첨벙,
공중제비를 돌아 떨어지는 물속을
부러운 듯 바라보는
새참 먹는 아지매들
"애구구 저, 저 고추 좀 봐
저 게, 저 게 언제 여물까?"
괜스레 얼굴 붉히고…

쑥부쟁이 전설

산 그리매 짙은 날 꽃 한 송이 봅니다
붉게 타는 가을이거든요
소리 없이 피어서 속절없이 기다리는
옛이야기를 아시나요

눈물 흘린 만큼 사랑하는 이 소식 없어
발길 돌리는 야속한 사람 보셨나요

꺾인 무릎 감싸준 따뜻한 손길
보랏빛 꽃으로 피어난 산 속 순정이
원망보다 짙은 이별됨을 아시나요

다시 돌리지 못할 인연 잘 가세요 내 사랑,
당신 기다리는 내 마음은 변함없어서
대답 없을 것을 뻔히 알지만
이때 이쯤에 또 피어날걸요

Choi

영어 발음으로 초이라 합니다
내가 꼭 잊어야할 여자
눈이 깊고 그윽하여
여름밤 별빛 속을 바라보는 듯 하였습니다

조용하다가도 갑자기
번갯불이 되던 여자
뜨겁게 걸어온 길 위로 안개가 내리면
찬바람 일으키며 돌아설 줄 알던 여자
나, 서러움에 울먹일 때
입을 삐죽 거려 눈물을 감추고
막걸리 잔을 들며
경주가 고향이라던 여자

미국 가는 여권 속에
Choi라고 크게 써 놓고
내 주소를 묻고 눈물 가득하던 그 여자
지금은,
소식 끊긴 초이를 어젯밤에 만났습니다

아름다운 꿈이었습니다

삼류시인

원고료도 못 받는 시인 되려고
애간장 그렇게 녹였나보다.
바람소리 허투루 듣지 않고
낙수 소리에 눈물도 흘렸는데
아내는 가끔 통장을 살펴보기도 하는지라
부질없는 짓 하였다고 후회하는 요즘

오랜만에 나간 초등동창회에서 한 친구 일어서더니 느닷
없이 시 한 편을 낭송하고서 "이게 이 친구가 쓴 시야" 하
며 내 어깨를 툭툭 치는 것이었다. 그게 인터넷에 떠도는
내가 쓴 시인가본데 그 후부터 친구들이 내 이름을 잊었
는지 송시인, 송시인, 으로 부르는 것이었다.

그래,
원고료 못 받고 청탁 없어도
이쯤 되면 시인 아니겠는가, 까짓것!

작자의 변(辨)

시를 쓴다고 시인 소리를 듣지만 늘 부끄럽다
20여 년 쓰고 있지만
쓸데없는 잡문이나 만들지 않았는지
남들은 좋은 시를 잘도 쓰고 문학상을 받기도 하던데
난 아직 멀었다
어찌보면 고집스럽다 할 수 있겠는데
난 내가 쓰고싶은 것만 쓰려 한다
요즘 유행하는 난해하거나 언어 유희적인 시보다는
현학적이지 않고
누구나 쉽게 이해하고 맑은 투명한 시를 쓰려 한다
학위논문 쓰는 것도 아닌데
이게 무슨 뜻인지 무슨 의미가 있는지
머리 아프게 생각하지 않고
쉽게 읽어서 재미있고 공감이 되면 좋을 것이다
그러다가
"옳거니" 무릎 탁 칠 수 있으면
시집 내려놓고 돌아설 때
가슴이 맑아지는
내일 다시 읽고 싶은
그런 시를 쓸 수만 있다면
그런 시인 소리 들을 수 있다면
서럽지 않겠다

익숙한 듯 낯선
일상의 고백

이대의 (시인)

해설

익숙한 듯 낯선 일상의 고백록

이대의(시인)

1.

송달호 시인의 두 번째 시집 『기도하는 마음으로』는 시
인 성격이 그대로 묻어나는 시집이다. 시인은 잡스럽거나
난해한 말은 하지 않는다. 과묵하게 할 말만 하는 모습 그
대로 시에 고스란히 나타나고 있다. 가난하고 겸손한 일
상에서 건져 올린 그의 시는 고단한 삶을 익숙한 듯 낯설
게 담아내고 있다.

시인은 묵묵하게 걸어가는 황소처럼 시를 써오고 있다.
시에 대한 사치도 없고 큰 욕심도 없이 다만 자신의 목소
리를 진정성 있게 전달할 뿐이다. 그것이 자칫 상투적으
로 보일 수 있으나 그의 시에 대한 갈망과 노력이 시의 진
정성을 확보하고 있다.

이번 시집 역시 그 연장선으로 보인다. 거대담론이나 난해한 이야기가 없다. 현실 비판이 담겨 있기는 하나 논리적인 저항보다는 일반 서민 수준의 한탄과 불만이다. 그것이 오히려 자연스럽다.

부당한 현실에 대한 우울과 위로도 순수하게 나타난다. 과하게 저항하고 책임을 묻는 것이 아니라 소시민의 고단한 삶이 눅눅하게 담아내고 있을 뿐이다. 또한, 가난한 사랑의 로맨스가 순박하게 표현되고 있으며 해학이 담긴 일상을 따뜻하게 담아냈다. 이런 소시민의 일상과 소소한 이야기들을 과묵한 화법으로 고백하고 있다.

2.

시인은 부당한 현실을 논리적 기반으로 잡아내지 않고 있다. 소시민적인 입장에서 그에 맞는 불만과 아쉬움을 담아내고 있다. 흔히 이야기하는 꾸며진 냉철한 민중적 시각이 아니라 보통 서민의 시각이다. 불편한 현실에 대해 파고들기보다는 거기서 사는 사람들의 우울과 위로에 더 초점을 맞추고 있다. 그것이 종교적이든 주변 사람이든 상관없이 그들의 아픔을 시로 위로해 주고 있다.

꽃이 다시 피어나듯
우리도 다시 피어나면 좋겠네

큰 강줄기 휩쓸고 지나가도 다시 일어서듯이

은혜를 잊지 않고 손잡아주면 좋겠네

새벽꿈 깨고 나면 허전하여도

새날 밝아오니 희망이듯이

땀 흘린 당신 저녁 햇살 따라 집에 잠기듯

함께하는 가족 있어 저녁밥이 따뜻하겠네

기도 끝난 후 마음이 평화롭고

소망하는 일들이 이루어질 때

곁에 있는 아내가 고와 보이고 오늘 하루

어깨가 부었다고 토닥여 줄 때

모든 것 고맙다고 춤을 춰도 좋겠네

밤이 깊어지면 감사기도 드리고

조용히 등불을 끄면 행복하겠네

–「기도하는 마음으로」 전문

이 시에서 보면 고단한 삶을 종교적인 기도로 위로를 받고 있다. 시인의 외모나 성격상 종교에 의지해 생활할 사람은 아니다. 아무리 힘들어도 본인 스스로 일어서고 헤쳐나갈 사람이다. 그런 사람이 저녁에 가족이 있는 저녁밥이 따뜻하다고 하면서 '기도가 끝난 후 마음이 평화롭'다고 위안을 한다. 이는 부조리한 현실을 본인 의지로 헤쳐나가기 어렵기 때문으로 보인다. 그래도 더 크게 위로받는 것은 역시 가족이다. 특히 아내가 '어깨가 부었다고 토닥여 줄 때 모든 것이 고맙다고' 고백하며 감사기도 드린다.

그렇다면 그의 일상은 어떨까? 우직하고 양심적이며 소심하다. '우리 아파트 경비 아저씨 인사가 깍듯하다 나도 경비인데요, 뭘'(『일상』)과 같이 아파트 경비가 친절하게 인사하는 것을 보고도 자신과 동병상련을 느끼며 인사를 받는다. 보통은 자신의 신분을 숨기고 소위 말하는 갑처럼 지낼 수 있음에도 아파트 경비의 고단함을 알기 때문에 깍듯하게 인사하는 것조차 부담을 느끼는 소시민의 감성을 보인다. '그냥 그렇게 살다 보니 세월은 잘도 가더라'(『일상』) 하면서 무기력한 모습도 보이기는 하나 그런데도 그는 비굴하지 않고 자기 일에 열중한다. 일하면서 소망의 끈을 놓지 않고 있다. '다음 겨울에는 꽃씨를 뿌리자고 벌써 성화를 부리'(『일상』)는 친구와 함께 마음을 나누기도 한다.

일상에 나타나는 환경은 따뜻하고 겸손하지만, 부정적인 현실에 대해서는 소시민답게 표출하고 있다. 요즘 시국이 그 어느 때보다도 어수선하고 서민들의 삶도 점점 더 힘들다. 코로나의 여파로 인해 모두가 고통을 겪고 힘들게 하는 것도 있지만 그보다 더 힘들고 맥이 빠지게 하는 것은 일부 기득권층과의 비교에서 상대적 박탈감이 문제다. 소시민들은 눈치를 보며 자신의 생활 없이 빡빡하게 돌아가는 노동을 견디며 일을 해도 생활이 어렵지만, 기득권층은 꼼수와 비리로 엄청난 수익을 내고 내로남불로 만연되어 있는 동시대의 상황이 견딜 수 없을 만큼 어렵게 하고 있다.

봄은 손에 잡힐 듯
꽃봉오리는 하루가 다르게 부풀어져도
세상은 왜 반짝이지 않는가
내로남불 새로운 말이 생겨나고
꽃이라고 모두 아름다운가?

–「이분법적 세상」부분

'시인은 꽃이라고 모두 아름다운가?' 하고 반문한다. 꽃 피고 따스해져도 '세상은 왜 반짝이지 않는가?' 하고 의문을 던지며 내로남불을 이야기한다. 내로남불이야 말로 정의를 이야기하며 정의를 부정하는 것이다. 빈부 격차에서 오는 상실감과 불신을 조장하는 시대의 검은 그림자이다. 이런 상황에서 시인은 날카로운 저항을 보이기보다는 다만 하는 말이 '가슴에 욕심 가득한 사람들/옛다! 엿 먹어라'(「엿」)하고 비아냥거릴 뿐이다.

시인은 이러한 구조적 모순의 한복판에서 고단함과 불만의 소리를 내고 있다. 자신들만 왜 힘들게 살아야 하는지 치열한 저항이 없고 논리적으로 파고 들어가 큰 소리를 내지 않는다. 소시민의 전형적인 감성과 대중성 있는 소통에 기댄 불만을 표출하고 있다.

어서 오시게 친구

콕 찍어 얘기할 수 없지만

천천히 생각 좀 해 보자구

당신은 당신답게 살고 나는 나답게 살고

누가 누구를 탓하랴마는

임금은 임금답게

신하는 신하답게

우리가 박수를 드릴 수 있으면 좋으련만

순수보다 앞서가는 욕심 때문에

민심을 잃어버리고

오직 승리를 위한

구정물 속에 빠진 더러운 몰골이 되었구만

한 모금의 차를 마시며

나의 가슴을 쓸어보는데 자네는 어떤가?

유행가 가수처럼 울고 싶은데

어떤 철학자처럼 호통을 치고 싶은데

나는 왜 이렇게 작아지는가?

자! 식기 전에

차를 드시게

–「세상이 왜 이래」전문

이 시는 나훈아가 불러서 유명해진 노래 '테스형'이 연상

된다. 이 노래를 부를 때 우리 사회의 기득권층에 대고 경고하듯 내뱉는 말을 듣고 소시민들은 속이 시원했으리라 생각한다. 이론적 논리를 바탕으로 한 것이 아니라 대중으로서 한 번쯤 입바른 소리를 하고 변화를 요구했던 것으로 보인다. 시인 역시도 대중가수처럼 또는 소크라테스처럼 호통을 치고 싶은데 그런 용기도 없고 힘도 없다. 그런 자신의 모습이 작아지기만 할 뿐이다. 그가 할 수 있는 것은 차가 식기 전에 차를 마시자는 권유뿐이다.

가로등이 꺼지며 첫차들이 몰려나가고
사라진 돼지꿈 때문에라도
오늘은 왠지 좋은 하루가 될 것 같아요

–「새벽잠」 부분

소망을 얘기하고
꿈을 꾸는 시간에도
빗속에 씻겨가는 말들은
뿌리 내리지 못하여 냇물의 속삭임이 되더라도

오늘 하루도 무사했다 두 손 모으고
거룩한 저녁밥상에 둘러앉는다

시인이 바라본 서민들의 삶은 힘겨우나 그 고단함에 매몰되지 않는다. 작은 희망을 품고 산다. 새벽잠을 자지 못하고 깨어 고단한데도 새벽달을 보고 홀로 대화하며 위안을 삼기도 한다. '가로등이 꺼지며 첫차들이 몰려나'갈 때 돼지꿈이 사라졌어도 오늘 하루가 왠지 좋을 것 같은 기분이다.

이러한 작은 희망은 아침에 찬양 기도를 하면 든든하고 마음에 위안을 얻기도 한다. 그로 인해 소망을 이야기하고 꿈을 꾸면서 하루를 보낸다. 크게 이루어진 것은 없어도 저녁에 돌아와 '오늘 하루도 무사했다 두 손 모으고/거룩한 저녁 밥상에 둘러 앉'아 저녁기도를 올린다. 고단한 삶에도 저녁 밥상에 둘러앉아 저녁기도를 올리는 모습은 마치 밀레의 '만종'을 떠올리게 한다.

시인은 이러한 삶의 상처와 아픔들을 이야기하면서 최종으로 던져주고 싶었던 것은 위로였다. '상처 없는 세상이 없듯이/희망 없는 생애가 있을 수 있으랴/가끔 흘리는 눈물이/당신과 나의 소금이 되어/오늘을 일으키는 거룩한 힘이 되고'(「위로」)와 같이 힘들고 어려운 세상에 희망을 품고 서로 도와가면서 살면 힘이 된다. '무거운 어깨 토닥이며/다시 일어나는 힘이'(「위로」) 된다는 것을 말하고 있다.

3.

시인의 사랑은 화려하지 않고 소박하다. 꾸밈도 없고 진솔하다. 큰 것보다는 작은 것을, 멀리 있는 것보다는 가까이 있는 것을 사랑한다. 사물이나 사람도 마찬가지다. 그중에 사람은 가족에 대한 사랑이 특히 아내에 대한 사랑이 많다. 사랑 표현도 담담하기는 하지만 속을 들여다보면 진실이 담겨 있어 잔잔한 감동이 느껴진다.

가난한 아내가 웃으면
그저 좋다
그때는 내 가난한 어깨도
으쓱 올라가고
그래
사는 것이 별 것 아니지요
당신, 나
함께 웃으면 그것도
행복이지요

─「소소하지만」 전문

시가 소품이긴 하지만 소소한 행복이 무엇인지 잘 보여주고 있다. 가난하게 살고 있지만 '아내가 웃으면 그저 좋다'는 고백에서 미안하고 사랑하는 마음이 잘 담겨 있다.

아내가 웃으면 '내 가난한 어깨도/으쓱 올라가고' 사는 게
별거 없다고 함께 웃으면 행복이라고 한다. 선물을 받은
것도 아니면서 아내가 웃는 것 하나로 행복을 느끼는 마
음이 소박하나 아름답다.

설령 가난하게 살았다 해도
당신과 나를 꽃과 나비라 하자
조금은 어설프고
가진 것 없어 부족했다고 하자
작은 텃밭에 꽃을 심고
뜨거운 햇볕 가려줄 그늘이 되었을 때
희미한 빛과 그림자로
우리 조용히 살아왔다고 하자
욕심은 끝이 없는 것이라서
우린 어쩜 바보같이 소박하게 살았다고 위안하자
이젠 황혼에 섰는데
두 손 모아 소망하는 일이
어디서 무엇이 되더라도
다시 만날 수 있기를
새벽 종소리 울리듯 맑고
은은한 모습으로 다시 만나자

–「아내에게」 전문

아내에게 고백하는 것 치고는 순수하고 '조금은 어설프'
게 보이나 시가 참 따스하다. 그 어실픔이 오히려 진정성
이 있어 보인다. 이처럼 소박하고 아름다운 아내에게 전
하는 고백록은 보고만 있어도 행복해진다. '가진 것 없어
부족했'어도 '작은 텃밭에 꽃을 심고/뜨거운 햇볕 가려줄
그늘이 되었을 때/희미한 빛과 그림자로/우리 조용히 살
아왔다고 하자'는 고백이 참 담백하다. '어쩜 바보같이 소
박하게 살'아 왔어도 '다음에 다시 만날 수 있기를' 고백한
다. 아마도 다음에 만난다면 지금보다는 더 사랑하고 더
잘살아보겠다는 마음이 내포되어 있다.

아내에 대한 사랑이 살갑다면 가까이 지내고 있는 사람
에 대한 사랑은 동정과 위로가 주류를 이루고 있다.

조용하다가도 갑자기
번갯불이 되던 여자
뜨겁게 걸어온 길 위로 안개가 내리면
찬바람 일으키며 돌아설 줄 알던 여자
나, 서러움에 울먹일 때
입을 삐죽거려 눈물을 감추고
막걸릿잔을 들며
경주가 고향이라던 여자

미국 가는 여권 속에
Choi라고 크게 써 놓고

내 주소를 묻고 눈물 가득하던 그 여자
지금은,
소식 끊긴 초이를 어젯밤에 만났습니다

아름다운 꿈이었습니다

　－「Choi」부분

　경주가 고향이라는 여자의 이름은 초이. 성격이 불같고
또 그만큼 사랑도 많아 잊히지 않은 여자다. 그런 여자가
왜 미국으로 떠나는지 알 수 없지만 떠나가면서 '내 주소
를 묻고 눈물 가득하던 그 여자'를 잊지 못한다. 지금은 소
식조차 알 수 없지만, 어젯밤 꿈에서 만난 것으로 '아름다
운 꿈'이었다고 고백한다.
　시인은 '사랑, 이별 모두가/불치의 아픔'(「사랑, 이별」)이라
고 한다. 누구나 사랑은 하고 살지만 그만큼 진실했기에
아팠던 것이다. '이 밤을 기다려도 좋을 당신을 위해/무지
개다리 되었으면 좋으리'(「꽃바구니」)처럼 아름답게 간직하
고 살아간다.

　젖을수록 뜨거워진다
　골이 깊어 더욱 반짝인다
　질투의 힘은 무섭다
　짝사랑이 병이 되었는가

불이 붙을수록 차가워진다

삼십 년 전의 여자를 생각한다
돋는 잎새 같은 그 여자
후~ 불면 꺼질 것 같던 그 여자
가을이 깊어갈수록 부끄러워하던 그 여자
늦가을 서리에 뜨거워지던 그 여자
조심하시라! 그 여자
온몸이 불꽃이다

−「단풍」 전문

삼십 년 전의 여자를 생각하며 쓴 시가 절창이다. '젖을수록 뜨거워진다'는 첫행부터 예사롭지 않다. 짝사랑했던 여자이기에 '불이 붙을수록 차가워지는' 여자로 생각된다. 누구보다도 아름답고 뜨겁지만 '가을이 깊어갈수록 부끄러워하던 그 여자/늦가을 서리에 뜨거워지던 그 여자'가 단풍이다. 단풍이 그 여자다. '조심하시라! 그 여자/온몸이 불꽃이'라고 뜨겁게 기억한다.

그렇다고 그는 사랑을 짝사랑하고 멀리서만 바라보지 않는다. "사랑합니다' 이 말은 꼭 하렵니다'(「호접란」) 하고 용기도 부려보지만, 그의 사랑은 우직하다.

사람에 대한 사랑이 우직하고 순수하다면 자연 식물은 상징성 있게 표현해 내는 것이 특징이다.

낮아도 빛나는 겸손

뭉칠 줄 아는 힘이 모여서

보란 듯이 한 무리를 이루었다

세상살이가 어디 덩치로만 되든가?

작아도, 적어도

꽃다운 생도 있어서

가난한 민초가 모여서 만들어내는 들판에

봉오리 터지는 함성이 들리는 듯하여

가슴에 못이 박힌 사람들

아우성보다 고요한 바람 흘러가는 곳으로

숨죽인 시선들이

바쁘게 일어서고 있다

　-「꽃 잔디」 전문

　여기서 꽃 잔디는 작고 낮게 살아도 빛난다. 겸손하면
서 '뭉칠 줄 아는 힘이 모여서/보란 듯이 한 무리를 이루
었다' 작고 보잘것없지만 꽃다운 생도 있는 법이다. 여기
서 얘기하는 꽃 잔디는 민초들이다. 우리끼리 단합해 모
이면 큰 힘이 된다. '세상살이가 덩치로만' 되지 않는 법이
라고 일깨워 준다. 작은 힘도 모이면 큰 힘이 생긴다는 걸
꽃 잔디를 통해 일깨워 준다.
　이렇듯 그의 사랑은 작고 보잘것없는 것에 기반으로 하

며 가까이 있는 사람을 향해 있다. 또한, 거대담론보다는 일상에서 얻어진 소박한 삶에서 사랑을 나누고 실천하고 있다.

4.

송달호 시인의 시에서 주목할 부분은 해학이다. 이런 유의 시들이 자칫 작품성이나 시적인 형식에 대해 토를 달수 있지만, 무엇보다도 시를 읽는 재미가 있고 공감도 불러일으켜서 좋다. 시인을 언뜻 봤을 때 전혀 해학이 없을 것 같지만 내면을 보면 해학이 많은 시인이다. 모여서 시를 이야기할 때 워낙 진지해서 웃을 줄 모르는 사람이라고 농담을 건네기도 하지만, 아는 사람은 그의 해학과 풍류를 보면서 또 다른 측면이 있다는 것을 알고 함께 즐긴다.

미국 사돈과 봉평에 갔겠다
마침 메밀꽃이 흐드러지게 피었겠다
우리 전통음식을 먹겠다니
막걸리에 묵사발을 안겨 주었는데
묵사발을 희한하게 생각하는 눈치여서
재료와 조리법을 짧은 영어로 설명했는데
이해하는 둥 마는 둥 잘 먹었다 인사를 하기는 하는데
이효석문학관을 한 바퀴 돌아보고

『메밀꽃 필 무렵』영역본을 선물하면서

"I am a poet"

"Really?"

귀국 비행기에서 읽어보라 하니

"Of course" 하더니

얼마 후 E-mail이 왔겠다

이렇게 재미있는 소설은 처음 읽었다

허생원과 동이의 관계가 환상적이다

달 밝은 밤 자기 집 정원에 소금을 뿌려보았더니

웬걸 메밀꽃 향기가 온 집안에 가득하더니

첫사랑 소녀가 웃고 있더라며 너스레를 떨었겠다

아들에게도 읽게 하고 코리안 며느리가 더 예뻐 보인다며

코리아 참 아름다운 나라여서

꼭 다시 방문하겠다

E-mail 끝에는 엄지 척 사진이 붙어있었다

–「장편소설(掌篇小說)」 전문

　미국 사돈과 봉평에 여행가서 있었던 에피소드를 구성
지게 표현했다. 시를 읽으며 절로 웃음이 났다. 여기에 특
별한 장치 없이 그냥 이야기를 펼쳤는데 재미있고 공감이
간다. 미국 사돈은 막걸리와 묵사발을 잘 몰라 희한하게
바라보는 모습을 보여 짧은 영어로 설명한다. 무엇보다도
『메밀꽃 필 무렵』 영역본을 선물'한 것은 현명한 선택이었

다. 시인답게 사돈에게 책을 선물하고 난 후, 시인의 사돈이라고 이메일로 '이렇게 재미있는 소설은 처음 읽었다'고 했다니 서로가 통했다는 생각이다. 'E-mail 끝에는 엄지척 사진이 붙어 있었다'는 것에서 절로 기분도 좋고 웃음이 난다.

이같이 가족과 함께 풍류와 해학을 즐길 뿐만 아니라 나가서도 친구들과 해학적으로 즐거운 시간을 보낸다. 초등학교 동창회에 가서 건배사를 '사우디' 즉 "사나이 우정은 디질 때까지"라고 외치며 사나이라면 그래야 한다고, 모질고 험한 세상에 믿을 사람이 없다고 우정을 나누며 자족하면서 즐겁다. 일상이 힘들지만 주변 사람들과 어울리다 보면 즐겁고 감사한 일상이 된다. '끔찍했던 오늘 하루가 로또복권처럼 지나가고/주머니가 가벼워도/세상살이 고맙다고 겸손해지는'(『순댓국』) 소박한 삶을 순댓국 먹으면서도 풍류적인 시간을 보낸다.

새로 개업한 빈대떡집이 참 육덕 지다
더하여 야무진 얼굴로 눈웃음을 살살 흘려
뭇 놈들이 넘실대는데…

LA에 살적에는 제법 성공하여 링컨을 타고 다녔다는데
사기꾼은 도처에 많아
고국으로 U턴을 했는데, 했는데…

내 친구 李 君이 어찌어찌 해볼 요량으로
떡 하니, 백만 원을 선불로 맡겨두고
생쥐 풀 바구니 들락거리듯 하면서
유효기간 한 달이라 큰소리 하며 온갖 용을 써 보았는데
이게 도대체 어찌 안 되는기라

한 달은 다 되어가고 안달이 나서 나에게 묻는 것이
돈 버리고, 속 버리고 애를 썼는데도 허사가 될 듯하다고
"시발 니기미 무슨 방법 읍냐?"고 묻는데

속으로 그 빈대떡집 참 야무지구나 칭찬하며
"야야 내가 카사노바도 아니고 좋은 방법 있으면
내가 먼저 써 먹었지"
위로 아닌 위로를 하면서 마신 소주가
퍽 시원한 밤이었다

　－「육덕지다 －도둑님 심보」전문

　이 시 역시 해학이 담긴 흘러간 영화를 보는 듯하다. 한
마디로 시 제목처럼 육덕지다. 시를 읽으면서 어떻게 결
말이 날까 기대를 하게 한다. 보통은 백만 원어치에 해당
하는 값어치를 치르고 으스대거나 그래도 아까워 할 것으
로 기대했는데 끝에 반전이 기가 막히다. 친구가 빈대떡
집 여자를 어떻게 해볼 요량으로 백만 원을 선불로 내고

용을 쓰는 모습이 서민의 욕정을 해학적으로 나타내고 있다. 결국 백만 원의 유효기간이 다 되어 갈 무렵 몸이 달은 친구는 "시발 니기미 무슨 방법 읍냐?"고 묻는다. 이에 대한 대답이 솔직하다. '속으로 그 빈대떡집 참 야무지구나 칭찬하며/야야 내가 카사노바도 아니고 좋은 방법 있으면/내가 먼저 써먹었지' 하고 대답하며 시침 떼는 모습이 해학적이다.

이러한 해학적인 시는 다른 시에서도 나타난다. '자네 곁에 그런 여자 없지/그렇지?'(「저런 고약한」)이나 소크라테스 형님에게 안부하는 '살기 위해서 빵이 필요하고 추위를 막으려면 외투가 필요한데/또 다른 중요한 것이 있다는 것도 모르시고 형님은 잠자리도 멀리/하셨다니 그 정도로 다행으로 아시우(「악처」)라고 재미있게 농담을 하기도 한다.

원고료도 못 받는 시인 되려고
애간장 그렇게 녹였나 보다
바람 소리 허투루 듣지 않고
낙수 소리에 눈물도 흘렸는데
아내는 가끔 통장을 살펴보기도 하는지라
부질없는 짓 하였다고 후회하는 요즘

오랜만에 나간 초등동창회에서 한 친구 일어서더니 느닷없이
시 한 편을 낭송하고서 "이게 이 친구가 쓴 시야" 하며 내 어깨

를 툭툭 치는 것이었다. 그 게 인터넷에 떠도는 내가 쓴 시인가 본 데 그 후부터 친구들이 내 이름을 잊었는지 송시인, 송시인 으로 부르는 것이었다.

그래,
원고료 못 받고 청탁 없어도
이쯤 되면 시인 아니겠는가, 까짓것!

－「삼류시인」 전문

삼류시인이라면 누구나 경험하고 느끼는 이야기다. 시 인으로 등단하면 경제적으로 보탬이 되는 줄 알고 있다. 실상은 오히려 손해다. 모임에 참석하면 회비다 뭐다 해 서 이래저래 돈을 걷는다. 그렇다고 특별히 대우해주는 것도 없다. 거기다가 고생해 원고를 보내도 원고료도 받 지 못하고 있다. 작품을 발표하고 싶은데 청탁마저 없으 니 시를 발표할 기회도 없다. 그러기에 시인이 된 것이 부 질없는 짓 했다고 자조를 한다. 그런 와중에 모처럼 초등 학교 동창회에 나가니 인터넷에 떠도는 시를 한 친구가 낭송을 한다. 그다음부터 그의 이름을 송 시인이라 부른 다. 시인은 '이쯤 되면 시인 아니겠는가, 까짓것!'하고 위 로를 한다.

5.

    지금까지 송달호 시인의 두 번째 시집『기도하는 마음으로』에 나타난 내용을 살펴봤다. 소시민의 삶을 눅눅하게 담아낸 시를 보며 아픔을 함께 하고 공감을 했다. 또한, 가난한 사랑의 로맨스를 보며 언젠가 경험했던 아련한 추억을 떠올렸으며 해학이 담긴 일상을 보며 시를 읽는 재미를 느꼈다.

    이밖에도 삶의 자잘한 이야기들이 있지만 다 담지 못했다. 그중에 연륜에서 느껴지는 삶의 궤적을 담아낸 시들이 들꽃처럼 아름답게 담아냈다. '지금은 잊어야 할 것 많아서/낙화처럼 사라지는 시간이라네'(「벚꽃 지다」) 벚꽃 지는 것을 보고 잊어야 할 것이 많다고 생각하거나 '소용돌이처럼 지나간 봄날/꺾일 줄 모르고 치솟던 청춘가고'(「갈대꽃」)처럼 갈대를 보고 세월의 흐름을 이야기하고 있다. 결국은 '모든 것은 지나가고 꽃은 또 핀다 하더라.'(「나그네 되다」) 이같이 꽃이나 사물을 보고 인생과 삶을 반추한 시들이 나타나기도 했다.

    전반적으로 보면 이번 시집은 시인의 과묵한 화법으로 전하는 익숙한 듯 낯선 일상의 고백록이다. 그의 성격 그대로 시에 대한 사치도 없고 큰 욕심도 없이 다만 자신의 목소리를 진정성 있게 전달할 뿐이다. 거대담론이나 난해

한 이야기가 없어 누구나 쉽게 이해할 수 있고 재미있고
공감 가는 시집이다.

기도하는 마음으로

송달호 지음

발 행 처 · 도서출판 청어
발 행 인 · 이영철
영   업 · 이동호
홍   보 · 천성래
기   획 · 남기환
편   집 · 방세화
디 자 인 · 이수빈 | 김영은
제작이사 · 공병한
인   쇄 · 두리터

등   록 · 1999년 5월 3일
(제321-3210000251001999000063호)

1판 1쇄 발행 · 2021년 12월 20일

주소 · 서울특별시 서초구 남부순환로 364길 8-15 동일빌딩 2층
대표전화 · 02-586-0477
팩시밀리 · 0303-0942-0478

홈페이지 · www.chungeobook.com
E-mail · ppi20@hanmail.net
ISBN · 979-11-5860-882-8(03810)